A PROPOS
DE L'INSURRECTION DE 1848 EN VALACHIE

(VOIR LA REVUE ARHIVA : JUILLET-AOUT 1894)

———

RÉPONSE

A

M. A. D. XÉNOPOL

DIRECTEUR DE LA REVUE ARHIVA

MEMBRE DE L'ACADÉMIE ROUMAINE

———

PAR LE PRINCE

GEORGES BIBESCO

ANCIEN OFFICIER SUPÉRIEUR DE L'ARMÉE FRANÇAISE

CORRESPONDANT DE L'INSTITUT DE FRANCE

GENÈVE

LIBRAIRIE GEORG & Co

—

1895

Genève. — Imprimerie W. Kündig & Fils.

A PROPOS
DE L'INSURRECTION DE 1848 EN VALACHIE

(VOIR LA REVUE ARHIVA : JUILLET-AOUT 1894)

RÉPONSE

A

M. A. D. XÉNOPOL

DIRECTEUR DE LA REVUE ARHIVA

MEMBRE DE L'ACADÉMIE ROUMAINE

PAR LE PRINCE

GEORGES BIBESCO

ANCIEN OFFICIER SUPÉRIEUR DE L'ARMÉE FRANÇAISE

CORRESPONDANT DE L'INSTITUT DE FRANCE

GENÈVE

LIBRAIRIE GEORG & Cᵒ

1895

Hommage de l'auteur

A MONSIEUR XÉNOPOL

Membre de l'Académie romaine.

Mon cher Monsieur.

Nous avons travaillé trop consciencieusement vous et moi, à redresser les erreurs et à détruire les calomnies qui ont, jusqu'à ce jour, formé la base de l'histoire roumaine embrassant la période de 1842-1848, pour que je ne considère pas comme un devoir de répondre à votre critique concernant l'insurrection de 1848 traitée dans le tome II de mon ouvrage : « Règne de Bibesco. »

Vous signaler une confusion que je relève dans votre travail, m'efforcer de vous rallier à mon opinion qui, d'ailleurs, n'est basée que sur des pièces probantes, et empêcher vos lecteurs de l'*Arhiva* de prendre le change sur le caractère de l'insurrection de 1848, sur le véritable but de ses chefs et sur les conséquences du mouvement du 11 juin, telle est mon ambition.

J'estime que la légende qui n'a, dans la question qui nous occupe, rien de commun avec l'histoire, a fait son temps, et que garder le silence devant les observations, courtoises, que vous suggère mon travail sur l'insurrection de 1848 en Valachie, serait mal servir l'histoire de mon pays.

En conséquence, je viens vous demander, pour ma réponse, l'hospitalité dans l'excellente revue que vous dirigez avec tant de talent, de science et d'autorité.

En vous remerciant d'avance, cher Monsieur, je vous prie de croire à l'expression de mes meilleurs sentiments.

GEORGES BIBESCO

« *Le Prince Georges Bibesco,* » écrit Mr
Xénopol, dans sa revue « *Arhiva,* » « *considère
la révolution de 1848 comme une œuvre* improvisée, *entreprise, seulement pour mettre en lumière les révolutionnaires, en exposant le pays
aux résultats les plus désastreux.* »

« *Notre point de vue est autre que celui du
Prince Bibesco.* [1] »

Nous répondrons à Mr Xénopol que notre
opinion n'est fondée que sur les déclarations
répétées des chefs du mouvement du 11 juin,
et nous lui rappellerons que le gouvernement
insurrectionnel, dans sa lettre au Prince régnant
adressée d'Islaz le 9 juin 1848, le jour même
où l'on tentait à Bucarest, de L'assassiner,
déclare que l'insurrection est une « entreprise,
improvisée, spontanée [2]. » Tout commentaire nous
paraît superflu.

Nous avons démontré que le mouvement du
11 juin, accompli dans les conditions que l'on
connaît[3] et qui s'est effondré à Balta Liman

---

[1] Arhiva N° 7 et 8 p. 460.
[2] Règne de Bibesco, Tome II p. 417.
[3]   »   »   »   388-414.

après 95 jours d'anarchie, avait eu les plus lamentables conséquences.

Pour M. Xénopol, bien que l'honorable académicien admette que *la « Révolution de 1848 ait été une faute grave*[1]*, au point de vue de l'intérêt qu'il y avait à ne pas la faire en ce moment-là, »* le but justifie l'acte, parce que l'insurrection aurait eu pour point de départ *« une grande idée, la protestation contre le protectorat de la Russie qui nous étouffait à force de vouloir nous protéger*[2]*. »*

D'abord, il nous paraît difficile d'admettre qu'il soit permis au nom *d'une grande idée,* de bouleverser un pays, d'enrichir son histoire de malheurs et de crimes, et de croire que le but doive justifier les actes, devant l'histoire. A quels dangers cette théorie, si elle faisait loi, n'exposerait-elle pas le monde.

Puis, de quel droit réclamer, pour les membres de l'insurrection, le monopole de cette *grande idée ?* L'histoire n'est-elle pas là pour répondre qu'elle existait, avant qu'il ne fût venu

[1] Arhiva, N° 7 et 8 p. 462.
[2] » » » »

à l'esprit des historiens de l'insurrection de
1848 de se draper dans ses replis patriotiques ;
qu'elle avait été la boussole secrète, immuable,
du règne de Bibesco ; qu'elle avait inspiré ses
résistances, souvent victorieuses[1], à la politique
de la Russie ; qu'elle avait soutenu le Prince
au cours de Son règne, dans Sa résolution d'af-
franchir, peu à peu, le pays de la *protection
exclusive* de la Russie, sans blesser cette
grande Puissance, en élargissant les voies tra-
cées par le réglement organique ? L'auteur de
l'Histoire des Roumains le sait mieux que per-
sonne, lui qui a si habilement mis en lumière
le caractère de cette lutte, dans le tome VI de
son ouvrage.

Si, donc, il est avéré, que l'insurrection ait
fait d'une grande idée qui n'était pas sienne, —
cette idée s'acheminait depuis 1843, résolument
et sans bruit vers l'horizon rêvé par la nation, —
une provocation adressée à la puissante Russie ;
s'il est reconnu[2] que, accomplie dans un moment
« *inopportun* », elle ait été *une faute grave*[3] ;

[1] Règne de Bibesco, Tome I p. 59-193.
[2] Arhiva, 7 et 8 p. 462.
[3] »   »

s'il est démontré, — et nous pensons l'avoir surabondamment démontré, — qu'elle ait ouvert l'ère de l'anarchie[1], des représailles[2], des concessions inavouables[3], que les hommes qui l'ont organisée et conduite aient fait preuve de la plus coupable insouciance, en exposant leur pays à des malheurs certains[4], nous ne voyons pas ce qui reste à l'insurrection pour être justifiée ?

« *Est-ce donc d'après leurs résultats que l'on* « *doit juger les actes historiques? Nous ne le* « *pensons pas,* » écrit M. Xénopol, et il ajoute : « *Toute révolution, même réprimée, enseigne* « *à ceux qui l'ont étouffée, à respecter l'idée en* « *vertu de laquelle elle a été entreprise.* »

Il nous est impossible d'admettre cette théorie. Nous estimons, au contraire, que, dans la plupart des cas, c'est d'après les résultats que l'on doit juger les actes historiques, et non d'après l'idée qui les a provoqués ; et s'il se

[1] Règne de Bibesco, Tome II p. 379-383.
[2] »　　　　 »　　　　 »　　　　 461, 462 et suivants.
[3] »　　　　 »　　　　 »　　　　 381 et 448 (les insurgés de 1848 ont livré l'autonomie du pays au Sultan.)
[4] Règne de Bibesco, Tome II p. 392 circulaire de la Russie.

rencontre telle révolution légitime, mais malheureuse, — l'histoire en offre des exemples, — dont les années réveillent, un jour, la voix et imposent les aspirations, cela ne saurait être une raison pour que le principe énoncé par notre honorable contradicteur, — dans la seconde partie de sa théorie, — s'applique indistinctement à « *toute révolution* ». En tout cas, rien n'autorise à invoquer ce principe à propos de l'insurrection de 1848. La raison, c'est que « *la grande idée,* » en vertu de laquelle cette insurrection a été « *improvisée* » n'est pas celle que M. Xénopol croit pouvoir lui prêter ; que le véritable mobile a été, pour les différents groupes qui y ont été mêlés, — à part quelques rares convaincus et quelques dupes, — l'ambition. Pour les uns, l'ambition de jouer à tout prix et sans retard, le premier rôle ; pour les autres, l'ambition de préparer leur avenir, en jetant leur nom aux masses et en se présentant à elles, comme leur Messie ; pour tous, l'ambition du « *Moi*[1] », qui les a mis aux prises, et les a empêchés d'entendre le pas des armées

[1] Règne de Bibesco, Tome II p. 353 et suivantes.

étrangères massées à nos frontières, et franchissant nos portes.

M. Xénopol reconnaîtra, certainement, avec nous, que l'homme, que la certitude[1] de l'invasion de son pays par l'étranger n'arrête pas dans sa folie, aime plus cette folie qu'il n'aime sa patrie, et qu'en sacrifiant celle-ci, il commet un crime. Eh bien, n'est-ce pas le cas des insurgés de 1848? La vérité est que la grande idée n'a été pour eux qu'une grande étiquette, un moyen de passer à la postérité[2] : ils ne méritent pas qu'on les défende.

On ne saurait trop le répéter : en 1848, en Roumanie, il n'y a pas eu de *mouvement national,* — nous en avons donné les raisons[3]. — N. Balcesco, un des membres de l'insurrection, n'avoue-t-il pas que « *le gouvernement révolu-*

---

[1] Règne de Bibesco, Tome II p. 392
[2] » » » 368-453.
[3] » » » 409-412. Rappelons les plus importantes : Le libéralisme éclairé du gouvernement de Bibesco, la protection de ce Prince exercée sans relâche, au cours de Son règne, en faveur des paysans, des humbles, des faibles, contre les fermiers, les boyards, les puissants.

« *tionnaire donnait une rétribution mensuelle*
« *à des centaines de commissaires envoyés*
« *dans les provinces pour soulever le peuple*[1]. »
Le peuple, en effet — le vrai peuple, celui des
campagnes — au nom duquel avait été fait le
mouvement du 11 juin, y était à ce point hostile
que, lorsque les membres du gouvernement
insurrectionnel s'enfuirent de la capitale, à la
nouvelle que les Russes avaient pénétré sur le
territoire roumain, « *les paysans donnèrent la*
« *chasse aux apôtres de la liberté, aux dits*
« *membres du gouvernement provisoire*[2]. »
C'est le « *Pruncul român* » dont M. C. Rossetti
était le directeur politique qui fait cette décla-
ration indignée, — aveu précieux pour l'histoire, — dans son numéro du 8 juillet 1848.

Nous savons bien que pour diminuer l'odieux
du caractère du mouvement du 11 juin, accompli sous un règne de progrès, par « *improvisa-*
« *tion* », sans aucun appui au dedans, avec
l'ennemi menaçant au dehors[3], — le gouvernement insurrectionnel avait proclamé la Russie,

[1] Règne de Bibesco, Tome II p. 472.
[2] Règne de Bibesco, Tome II p. 392-414.
[3] " " " 392-393.

l'ennemie, — Héliade a écrit que « l'*insur-*
« *rection ne voulait pas détrôner Bibesco ; que*
« *le mouvement avait été fait contre la Russie.* »
M. Xénopol qui accepte cette version, croit en
trouver la preuve dans ce fait que les révolutionnaires « *avaient pris le Prince pour con-*
« *fident de leurs projets.* »

Le tort de cet argument est de ne reposer
sur aucun document, d'être en désaccord avec
les faits, les actes, et de naître d'une confusion.
En effet, autre chose est de « *ne pas avoir*
« *voulu renverser Bibesco* », et autre chose
d'avoir, en réalité, dirigé la dite entreprise
contre Lui, en même temps que contre la
Russie. De même, il ne faut pas confondre
l'*effervescence* qui régna à Bucarest, dont le
Prince avait eu connaissance et qu'il avait tenté
de calmer, avec le complot *dans la confidence*
duquel on ne L'avait, naturellement, pas mis.

Expliquons-nous : « *Le peuple,* écrit Zos-
sima, — également membre de l'insurrection —
« *ne voulait pas laisser partir Bibesco, moins*
« *encore le tuer*[1]. » Telle est en effet la vérité,

---

[1] Règne de Bibesco, Tome II p. 378 (note [1]).

et reconnaissons que ce sentiment a été partagé par quelques-uns des chefs du mouvement. Mais, cette part faite[1] au sentiment du devoir de ces derniers et au patriotisme du peuple, les faits et les écrits nous prouvent, en ce qui concerne les autres, que leur but en voulant conserver le Prince à la tête du pouvoir fut de se servir de Lui comme d'un paratonnerre, ou de s'en faire un moyen de parvenir (à la façon du renard de la fable), après avoir préalablement calomnié et tenté d'abaisser, aux yeux de la nation[2], l'Elu de 1842.

Quant au groupe du *Pruncul,* on sait qu'il a tout mis en œuvre pour que le Prince abdiquât et partît[3]. Il ne faut pas oublier qu'à la suite de la tentative d'assassinat contre le Prince, Héliade a écrit ces mots : « *Les membres du* « *gouvernement provisoire se décidèrent à* « *considérer Bibesco comme un ennemi et à* « *le traiter comme tel*[4]; que deux jours après, le 11 juin, l'insurrection, triomphante à Buca-

---

[1] Règne de Bibesco, Tome II p. 378 (note [1]).
[2] » » » 373, 374.
[3] » » » 378 et suivantes.
[4] » » » 423.

rest, forçait le Prince (l'*ennemi*), à rester à sa tête, et qu'elle Lui imposait un ministère[1]. Ces faits nous paraissent expliquer surabondamment pourquoi on ne peut pas dire, que le mouvement n'ait pas été dirigé, sous main, contre Bibesco.

Passons « *aux confidences* » que les membres de l'insurrection « *auraient faites, de leurs* « *projets* », au Souverain.

Voici à quoi elles se réduisent : Au courant de l'agitation qui règne en ville, prévenu qu'Héliade en est un des principaux auteurs, redoutant qu'une imprudence ne donne à la Russie le prétexte d'exécuter la menace contenue dans sa récente circulaire, décidé, quand même, à ne pas livrer Héliade au Général Duhamel qui réclame l'exil du poëte, le Prince. Bibesco fait venir ce dernier et quelques professeurs. Il les raisonne, Il les engage à faire tous leurs efforts pour « *maintenir parmi* « *la jeunesse le bon ordre que certains esprits* « *s'acharnent à troubler*[2] », et s'adressant à Héliade, « *Il lui conseille de demander à aller*

---

[1] Règne de Bibesco, Tome II p. 377.
[2]   »   »   »   392.

« *en Italie pour y faire des recherches philolo-*
« *giques, lui promettant de lui fournir les*
« *moyens nécessaires pour accomplir cette*
« *mission.* » — Héliade *fait sa demande par
écrit,* et il part[1]. Le Prince croit avoir atteint
son but, *avoir calmé l'effervescence ;* — or il
advint qu'au lieu d'aller en Italie, Héliade se
rendit au camp d'Izlaz, — sa proclamation en
poche, — qu'il y fût rejoint par le Major Tell
qui avait quitté son commandement de Giur-
gevo, par le Commandant Maghero, adminis-
trateur du district de Romanatz, par la Compa-
gnie du Capitaine Plesoiano, et qu'à Izlaz les
conjurés proclamèrent l'insurrection[2].

Est-il permis, après ce qui précède, d'admettre que Bibesco *fut* dans la « *confidence
« des projets* » des insurgés, ce qui aurait fait
de lui leur complice ? Mais alors pourquoi les
conjurés se cachent-ils de lui ? Pourquoi le

---

[1] Voir Tome II du Règne de Bibesco p. 356. Voir Russo
Locusteano : Lettres d'exil d'Héliade p. 740, dans l'appendice
intitulé « Errare humanum est ». Voir au même endroit, les
mémoires inédits de Grégoire Gradisteano un des hommes
les plus marquants et les plus honorables du mouvement
de 1848.

[2] Règne de Bibesco, Tome II p. 366.

Prince, en apprenant le complot, « *donne-t-il à*
« *Maghero l'ordre de s'assurer de S. Golesco et*
« *d'Héliade et les envoyer à Bucarest, sous*
« *bonne escorte*[1] *?* » Pourquoi *Maghero,* au lieu
d'exécuter ces ordres, « *communique-t-il aux*
« *intéressés les circulaires du Souverain por-*
« *tant son cachet rouge*[2] *?* » Pourquoi la tentative d'assasinat ? La réponse est simple : C'est
que le prince n'était pas dans la confidence des
insurgés.

Le point de vue auquel M. Xénopol se place,
en ne voulant voir dans l'insurrection que la
grande idée de « *liberté, d'indépendance* », le
conduit à affirmer *qu'elle a jeté les germes de*
« *l'avenir de la Roumanie,* que c'est à *sa pro-*
« *testation contre la Russie que le pays a dû la*
« *protection de la France, en faveur de l'Union*
« *des Principautés unies, moyen propre à*
« *mettre une digue à la puissance envahissante*
« *de la Russie dans la Presqu'île des Balkans.* »
L'insurrection de 1848 aurait-elle eu, vrai-
ment, ce résultat, que nous ne voyons pas pour-

---

[1] Règne de Bibesco, Tome II p. 368.
[2]   »   »   »   368.

quoi ses auteurs en bénéficieraient ? L'histoire
n'est-elle pas là pour nous rappeler que per-
sonne, — ainsi que nous l'avons déjà écrit[1] —
ne pouvait prévoir le 11-23 juin 1848 que le
Prince Louis Napoléon deviendrait Empereur,
et que c'est à Lui que la Roumanie devrait
son existence comme Etat libre? Bien plus,
Russo Locusteano rapporte un fait qui aurait
pu aliéner aux Roumains la sympathie de Napoléon III au lieu de leur assurer Sa protection, et ce fait n'est pas de nature à honorer
le membre de l'insurrection qui s'en est rendu
coupable. « L'Empereur, écrit-il à la page 674
« des *lettres d'exil,* se préparait alors à faire
« la guerre à la Russie pour la chasser de notre
« pays qu'elle avait occupé le 30 juin, avec la
« volonté de n'en plus sortir, et lorsque la vie
« d'un potentat qui venait sauver notre vie et
« notre nationalité devait nous être chère, il
« se trouvait des Roumains pour attenter aux
« jours de celui de qui dépendait notre existence
« comme nation libre, et faire les affaires du
« colosse du Nord. *C'étaient les mêmes hommes*
« *qui en 1848, etc........... »*

[1] Règne de Bibesco, Tome II p. 451.

D'ailleurs pourquoi chercher à expliquer un fait qui s'explique de lui-même ? Si l'Empereur a pris tellement à cœur l'émancipation des Roumains, ce n'est pas par sympathie pour les insurgés de 1848, c'est que l'intérêt de la France Le poussait à créer une Roumanie indépendante. L'insurrection de 1848 n'avait rien à apprendre à Napoléon, sur les sentiments d'affection des Roumains pour la France, ni sur la résistance dont ils étaient capables dans la défense de leurs droits, même contre la puissante Russie. Le souvenir du gouvernement de l'insurrection qui avait livré, au Sultan, les droits de l'Etat[1], n'aurait pu que faire douter l'Empereur du patriotisme roumain, si le règne de Bibesco n'avait suffi à L'éclairer et à Lui donner confiance.

En résumé : l'insurrection de 1848, outre les misères[2] qu'elle a provoquées, les crimes dont elle s'est rendue coupable, a valu au pays roumain Balta Liman, c'est à dire un recul de plus de 25 ans. L'excellent auteur de l'Histoire des Roumains rapporte que « *le pays a joui,*

[1] Règne de Bibesco, Tome II p. 381 et 448.
[2] »   »   »   473-474.

*sous ce régime restrictif, de plus de liberté
que sous celui du réglement organique »*, et que
« *sous les princes Stirbei et Ghica (Grégoire)
l'enseignement national a fait de grands progrès.* Nous n'y contredisons pas, mais à qui en
revient l'honneur ? aux princes Stirbei et Ghica.
Qu'est-ce que cela prouve encore ? la tolérance
de la Russie.

Cela ne nous console pas de l'occupation
étrangère, et ne doit pas nous faire oublier que
l'insurrection de 1848 est une des pages les
plus lamentables de l'histoire roumaine.

* Voir, Lesure, Annuaire historique, année 1848 p. 5oo.